でんげん

佐々木洋一

思潮社

でんげん

佐々木洋一

思潮社

装幀＝思潮社装幀室

目次

でんげん

でんげん

畦道に鎮(しず)まると
でんげんがいる
ひき蛙やどじょうの傍らで
まだ大丈夫と言っている

何が大丈夫なのか
問い詰めても
でんげんはただ大丈夫と言う

畦道のみち草やのら風に
そうそうふうふうという名を付けたのは
でんげんだと言われているが
定かではない

でんげんを漢字で描いてはいけない
ひらがなで轢(ひ)くべきものだ

畦道から畦道に入ると
またでんげんがいて
大丈夫と言う

畦道に止まると
でーんと構えているのはとのさま蛙
どーんと寝転んでいるのはどじょう

でんげんはただ大丈夫と坐っている
何が大丈夫なのか
そうそうふうふうは　未だに
でんげんを信頼しきっているようだ

＊でんげん＝田源、田間

新雪の土手の道

新雪の土手の道を歩いている
何かの獣の足跡と並行して歩いている
親近感を覚えながら歩いている

しばらく行くと
獣の足跡は土手下の方へと曲がって行った
わたしはまだ道に沿って歩いている

やがて道は橋のところで大通りとなり
新雪の土手の道は消えた

橋の上ではひっきり無しに人と車が通り
猥雑な町の方へと急ぎ足やスピードを上げ駆け抜けた

むかし
新雪の土手の道からわたしは獣と一緒に土手下の方へと曲がって行き
新雪の深さの中に消えたことがある

しばらくして
幸いにもわたしは元来た新雪の土手の道に戻れたが
一緒の獣は戻って来なかった

新雪の土手の道を歩いている
何かの獣の足跡と並行して歩いている
振り向くと　二つの獣の足跡が続いている

だれ

僕は南側に向かい眠っている
北側は目覚める

十三湊はくもっている
むかしの繁栄のおもかげにくもっている
そこから旅立つのは
いったいだれ

僕は南側のテラスでむかし物語をたどりながらうとうとしている

北側のびわの木は撓っている

北の湊は逃亡の臭いがする
かくまった飲み屋の看板は傾げている
闇の囲いから逃げ出すのは
いったいだれ

僕は南側に足を向け風に寄りかかってはうとうとしている
北側の便所は妖しい

十三湊はうずくまっている
義経主従は旅立てない
そこに留まっては難儀を重ね
夢に乗って旅立ったのは
いったいだれ

僕は南側で眠っている
北側は寒しい

あれからそこに佇んでいるのは
いったいだれ

シャバシャバシャバシャバ

川の底に足を突っ込んで
シャバシャバシャバシャバ洗おうか
シャバシャバシャバシャバ
物の怪や桃は洗えないが
泥だらけの底であっても
泥まみれの底であっても
途惑うことなく
シャバシャバシャバシャバ
今時流れに逆らい泳ぎ出す子どもじゃないが

もはや時代外れのかかとにすぎないが
川の底に足を突っ込んで
泳ぎもはしゃぎもせず
ただシャバシャバ泥の底をこぐ
何がどうした
現は川の流れを必要としない
川面の浮き沈みも関係ない
ただむかし思いのぬめりした川の底に足を入れ
シャバシャバシャバシャバ
何事か思うわけじゃなく
夕陽にもたれるわけじゃなく
シャバシャバシャバシャバ
この川の底に足を突っ込んで
この澱みにへばりつこうとしている
風を孕み風は吹きすさぶ

死獣が流れてくる朽ち葉は流れている
川の底をシャバシャバシャバシャバ
シャバシャバシャバシャバ
へばりついたのか潜り込んだのか
何事かあったわけじゃなし
因果を背負ってきたわけじゃなし
労苦というほどじゃなし
シャバシャバシャバシャバ
シャバシャバシャバシャバ
川の底に足を突っ込んで
しばし憂き世を洗っている
泥ばかりの底を洗っている
シャバシャバシャバシャバ

つぶやき

つぶやきは　とどかないので
零れてしまう

支えを失ったあさがおの蔓の先であったり
夜空の星に懸想(けそう)した鉄塔のゆらめきであったり

つぶやきは　こどくなので
零れてしまう

野原のど真ん中であったり
都会のひさしの際であったり

つぶやきは　のみこめないので
零れてしまう

誰かが拾いにきて
覗こうとしても覗けない

つぶやきは　おもそうなので
零れてしまう

あっという間に
いしのように固まってしまう

つぶやきは　つぶれたまま
零れてしまう

成長することも頷くこともなく
なにげなくなにごともなく

ポポンのこころ

パパンの家にはポポンがいる
ポポンのこころは弾まない
はみ出たしおりのようにガラス窓に挟まり
ギシキシ軋んでいる
ポポンはそんな苦しみからパパンに八つ当たりする
パパンはそれをどうすることも出来ない
花火がババンババンと上がった夜
パパンはポポンを誘い二人で花火を見上げた
「おおい　花火よ」

「咲いたら散るよ」
ポポンはパパンに言った
「困ったねえ困ったねえ」
美しいのは一瞬だけであとは闇だ
長い長い闇が美しさを演じる
そこに人は生きている
ポポンのこころは弾まない
演じるまでの闇の間にどこまでも浸潤したままだ

そんじょそこら

そんじょそこらのあたたかさに浮かれ
ちょうちょうが飛び立つのは見なれた光景だが

じっくり醸成され　地上に這い出た蟬が
いともやすく泣き叫ぶさまは何ともあわれ
地上に出てくるのが早すぎたり遅すぎたりすれば
空振りのがなり　いのちは絶える

石の陰で丸まっていたオケラが急に光にあたると

いそいそよそよそ身の置き所が無いように逃げ回る
いのちをながらえるというよりは愛敬だ
愛敬ゆえ殺戮されないものがいる

そんじょそこらに入れ込み生かされるもの
そんじょそこらが目につき殺されるもの
出合い頭の一瞬の恐怖に殺されるもの
万が一の出合いに驚き生かされるもの

そんじょそこらのあたたかさに浮かれ
ちょうちょうが飛び立つのは見なれた光景だが

そんじょそこらから無駄を殺がれ出てきた骸は見なれた光景か
それは彼の国の冷えた凍土の中から出てきたもの
そんじょそこらであっけなく死に絶えたもの

じっくり機会を窺うように出てきた蛇が
路上でのたうち回っているさまは何ともあわれ
急な苦痛のためか　それとも単なる無駄足か

そんじょそこらに空耳が転がっている

ももを探そう

ももを探そう
さくらさくらさくらじゃない
ももを探そう
さくらじゃない
ももを探そう
深く深く清らかに探そう
罪深き人は必死に探そう
とりとめのない愛を求めるままに
遥か桃源郷のはてで

ももを探そう
その辺にあるさくらじゃない
にせもののさくらじゃない
うろおぼえじゃない
しっかり腰を落ち着け
ももを探そう
明らかにあれはもも
ふっくらしたもも
あなたの乳房の奥に隠れているのかも
ももらしいもも
さくらさくらさくらの人混みから離れ
山里にひっそり
ももを探そう
もも林のもものひとひら
さくらじゃない

真っ正直なもも
ももをしっかり探そう
もも林のもものひとひらを探そう
ふと　心持ちを探そう

アオダイショウ

むさくるしい家の床下から時々アオダイショウが現れる
父母が生きていた頃はネズミを捕るといって愛されていたアオダイショウ
世代交代が行われたアオダイショウのようだ
温厚なのがよく分かる

そんなアオダイショウをわたしは棒で一撃
アオダイショウの体はぶつぶつ言いながら伸び縮みを繰り返し
少しずついのちを失っていった

その夜から
殺したアオダイショウが牙を剝いて
わたしを威嚇する夢を見る
次の夜も次の夜も
七夜うなされた

アオダイショウは語るのだった
「むさくるしい家だが俺だって棲みついている
お前だけが棲みついているわけではない」
「ここでお前が様々な生き物を喰って生きてきたように
俺もそうやって生きてきた」

八日目の夜
アオダイショウの夢を見ることはなかったが
床下からドブネズミがぞろぞろ現れ

事も無げにわたしを喰いつくした

幸いにもわたしの家の世代交代は進んでいて
むさくるしい家の床上の夕餉では
ききこもごも
生暖かいカエルやらコオロギやらを食しているのだった

海よりの手紙

海よりの手紙を書いた
まぶしい書き出し
腕のような半島が手招きしている
カニがピキパキプクプクやっている傍ら
ふくれっ面をしている娘
まだ若い
若すぎて海のどなり声が聞こえていない
――はんせんは動かない
走り回っているぼうと――

悔やんでいる
海よりの手紙を書き続けた
よそよそしい斑な光り
ヒトデが手をつかんで放さない
ふりほどく娘
まだまだ若い
若すぎて海の深淵な苦悩がわからない
――はんせんは叡智
　むやみやたらなぼうと――
寄せぎわのさざ波　怒濤の浪ぎわ
悔やんでいる
海よりの手紙を書き終えた
若すぎたみぎわのあなたへ
――そうそうっと――

生きる子

新緑の森の奥に走って行き
深緑の森の奥から駆け出してきた子は
髪をなびかせながら
髪のありかをさらけ出している
水たまりに顔が映ると
はにかみのような表情を浮かべる
新しい子にはなれないが
ふかい子にはなれる
澄み切った愛も　愛に飢えることも知り

深緑の森の奥から駆け出してきた子が
海辺に向かい走り出す
後を深緑の匂いがまとわりついて行く
深緑の森の奥から駆け出してきた子は
新しい子にはなれないが
いきる子にはなれる
なつかしい海の匂いを絡ませ
生きる子になれる

骨骨(こっこつ)

安(あん)さんが　トマトを買ってくれと言うが
トマトは好きじゃないので　買わない
好きなものであれば
血でも紅(べに)でも珠(たま)でも何でも買うが
赤く熟したトマトはダメダ
裏町に入った時
安さんは　苦い烏龍茶と紛(まが)い物の時計と妖言を買ってくれと言ったが
トマトはなかった
みんな買った

夕暮れがくると　トマトも夕焼けを放棄し闇に紛れる
安さんが　闇を買ってくれと言うので
闇を買うことにした
人闇　二〇〇ドル
あまりの安さに悲しくなる
闇の向こう
安さんのハイヒールの踵が
骨　骨　うそぶいている

ひなた

おしのびで入ってきて
にこにこしている
いいなあ
だんごでも差し上げて
点茶で一服

遠い縁側の縁(ふち)に腰かけ
やっぱりにこにこしている
奥ゆかしさがたまらなく

なにげないしぐさも
いいなあ

物干竿の布団の尾根
とんぼが飛んできて
翅を広げる
いつのまにか尾根いっぱいのとんぼ
いいなあ

おしのびには決まって秘め事
ふっくらなさわり
ここちよいいいとなみ　ほのぼのしたざわめき
あざやかなたんじょう
いいなあ

にこにこ　にこにこ
遠い縁(えにし)からのおしのび
ゆめの赤子はついさっき目を見開き
にこにこ　にこにこ
かぎりなくにこにこしている

てんびんばりばり

てんびんばりばり
天気が良くないので気が滅入る
耳鳴りがするので気分が悪い
腹が煮え繰り返るので不快そのもの
てんびんばりばり
意表を衝く言葉に
亀裂の入った柱や崩れかけた壁のことを思い出したが
どうやらその事ではないらしい
てんびんばりばり

口ずさむにしてはあまり気持ちの良い音ではない
落雷ほど強烈極まる落下でもない
何かしでかしたのか
何か悪心でも起こしたのか
てんびんばりばり
どう思慮しどう叫べばいいのか
とどのつまり欲情したことで
腹の内から飛び出た苛立つ言葉か
てんびんばりばり
てんびんばりばり
頭を丸坊主にして
仏法に帰依（きえ）しようと思ったが
ばりばりせんべいかじったり
襖絵を勢いにまかせ剝がしたり
あの世の船頭を三途の川に突き落したり

てんびんばりばり
挙句の果て
山裾を猿のように駆け廻り
地蔵のそっ首を切り取った
てんびんばりばり
てんびんばりばり
あまり天気が良くないせいだと観念するが
天秤（てんびん）が地獄の方へ大きく傾き実に不愉快この上ない

死後の道に

雪降る道をしんしんしんと歩んで来て　雪なき道をしんしんしんと還る

路鹿さんとお会いしたのはいつのことだったか　数度お会いしたきりだったが
どれだけの言葉を交わし　どれだけの思いを交わせたか
こころに軽く　こころを深く　こころに残る

その時　路鹿さんから衝撃的な話を聴いた
「わたし　当時話題になった子ども斡旋の一人であったの」

それは宮城県石巻市の菊田産婦人科において、生まれたばかりの子どもを子どものいない、子どもの欲しい家庭に斡旋していたという衝撃的な事件があった。
それは当時何の抵抗感も問題意識もなく日常的に行われていた行為で、後に医師は、子ども斡旋は根底に止むに止まれぬ事情があったと理由づけせざるを得ないことになった。

それは是か非か　それが非か是か

路鹿さんはたんたんと話すのだった
「わたし　当時全国的にも話題になった斡旋された子どもの一人であったの」
「本当の親は知らないの」

あの時の赤裸々な告白。
その後子ども斡旋の事件は何度も世に問われ、やがて時が経ち、結果、うやむやなままに世事から消えた。

あれから路鹿さんがそのことをどう反芻し、どう呑み込み、どう吐き出したのかは知るよしもない。

出生とは?出生の系譜とは?出生の連鎖とは?親と子とは?子の命とは?命の連鎖とは?

雪降る道をしんしんしんと歩んで来て　雪なき道をしんしんしんと還る

しーんと生を得　しーんと生に繋ぎ　しーんと生が還る

路鹿さんのこの世の生
しんしんしんと冷え切った死後の道に

これから

君の手の内にあるのはいったい何だろう
つむじ風から逃れてきたしわくちゃな木の葉の姑息
祭りの焦燥から斜めに傾きながら飛んで来たしなびた風船
季節をとり逃がしたうぐいすの時はずれの奇声

君の手の内にあるものはどこからか逃れてきたもの
猛々しい海から離れた鎮魂の浪のさまよい
水平線とカモメの和平の擦れ違い
しんきろうの不確かな言い訳

君の手の内にあるものに
手を添えて
これからに　ささやく

愛はね　これから
それはね　これから
これからはね　これから

君の手の内にあるのはいったい何だろう
これまで逃れてきたものをすばやくつかまえようとする闇の触手か
これからを瘤のように握りしめようとするまだ若い拳か
あれからを惜しみなく生きようとした魂の揺さぶりか

ああそうやって

愛や　浪や　今や　これから乗り越えるものを
しっかりつかまえようと

愛はね　これから
これはね　これから
あれからはね　これから

こわれたからね　これから

むらさめ

むらむらむらくも群がり
むらむらさめむらむら落ちてくる
むらひと走らず
死んで末寺に納まったもの
出ていったまま一切帰らぬもの
そのまま朽ち果てたもの
むらさかいの道祖神に蜘蛛がまつわりつき戻るものを待つ
むらひと祈らず
孤の御坊が素通りし

ざわめきに入った
花鳥風月にあらず
よしなしうたにあらず
むらの朽ちかけた水車の素知らぬ流れにあらず
茸の大群のしののめにあらず
むらむらまらむらむら立ち上がり
ありやなしや　なしやありや
むらひと拘わらず
むらむらむらさきのむらさきしきぶ惑わず
むらむら猪の子のうりぼうむらむらむら群れる
むらひと怒らず
むらむらむらさきのあけび唐突にぶら下がり
むらむらむらはずれの逆さ地蔵この道に逆らわず
むらむらの女人ささやかず
振り向かず

渡らず
還らず
むらむらむらさめ辿川(たどりかわ)の橋の中ほどのむらひとにひたふる

礫（つぶて）

そんなにも遠くまで飛んで行ってしまったら
どこへ降りたのか　どこへ辿りついたのか
見失ってしまう

落ちたのか　落ちたのか　落ちなかったのか

そのまま飛んで行って
星になった話があったな
星の舳先にたたずんだことも

落ちなかったのか　落ちなかったのか　落ちたのか

灰の中に潜り込み　尻に火がつき
飛び上がったことがあったな
毬栗と一緒に大慌ても

落ちた

山の背に落ち　むず痒いと言われ
転げ落ちたことがあったな
池にはまって堪えたことも

落っこちた

頭上や囲いや盾に体当たりして
割れて落っこちたことがあったな
そこから争いがムクリ頭をもたげたことも

落ちないで　落ちないで　落っこちないで

地球を一回りして　元の木阿弥
ここに居座りついてしまったな
己の眉間を血だらけにしただけで

枯葉のポポン

木の葉のポポン
弾んでいいよ　湿らなくていいよ
あの日　口をきけなかったポポン　ああ　一言も話せなかったポポン
あなたがポポン？
ポポンとラリー　そしてスマッシュ
激しさも　苦しさも　若さも　浅はかさも　思いも
跳ね返ってこない球も
いったいどこへ行ってしまったのか
木の葉のポポン

散ってしまって　埋もれてしまって　遠く消え去って
どこへ行ってしまったのか
木の葉のポポン
いつのまにか湿った枯葉
枯葉のポポン？
「愛していたよ　ポポン」だなんて
枯葉のポポン
あれが「ポポン　首ったけの愛だった」だなんて

あたらしい夜

新しい朝が在るなら
あたらしい夜があるはずだ

あたらしい夜にはあたらしい呻きが生まれるはずだ
呻きにはどんな怨歌とどんな苦悩とどんな辛抱とどんな沈降が
悪疫の蔓延と魂の鎮魂と散々たる屈折が
解放されているのか

あたらしい夜には蝶が一直線に飛ぶ

夜鷹が見えると見えると泣き叫ぶ
あたらしい夜には花がほころぶ
ふつふつと闇のほとりで咲きほころぶ

新しい朝が在るなら
あたらしい夜があるはずだ

あたらしい夜にはあたらしい絶望が生まれるはずだ
絶望には目のない幼鳥や引き裂かれた獣や溺れる鮟鱇の叫びが
気休めと慰めと孤高が
解放されているのだ

あたらしい夜には虫が這う
ぞろぞろ闇の方へ這っていく
あたらしい夜には闇の方へめしべがぞぞろなびき

楽しくないか美しくないか　咲き競う

新しい朝が来るなら
あたらしい夜もくるはずだ

そこではあたらしい呻きが生まれているはずだ
これまでのいきものがいとしいいとしいと呻いているはずだ
いとしいいとしいと呻いては
いまわしい夜のしじまを生き抜いているのだ

コトラ

コトラと話をしたい

生まれたばかりのコトラと今のコトラ　死を迎えたコトラと話をしたい

いつか僕のこころの中に育まれたコトラ

国後島を経て歯舞群島で一服し　風連湖で一睡　それからトトラ　トトトラ

コトラが多くを過ごしたのは北の地

どのように苦労したとか　笑いあかしたとか　腹を括ったとか　一向に分から
ないが
コトラ
コトラと話をしたい
北の入り江を曲がったとか　ここで明日まで過ごしたいとか　夜空の暗闇のふ
ところで眠りあかしたいとか
いくつかの思いと願いと素朴があった
コトラ　コトラ
コトラと話をしたい
今どこでどうしているのか

北海の藻屑になったとか　ここに今までいたとか　どのような様子なのかとか
それからそこでどうしているのか　その地の虜になったとか　今の今まで生き
ていたとか

コトラ　コトラ
コトラ　コトラ
コトラ　コトラ
トトラ　トトトラ

僕のこころの中で育まれた北の地のコトラと話をしたい

コトラと話をしておきたい
僕は確かにコトラの傍ではぐれもせず伸びて　僕は生き延びて来たのだから
コトラと北の地の話をしておきたい

豆よ

豆がエイッとばかり弾け
ついでに悲しみの突端を連れて行った

豆よ
それこそまめまめしく動き回るので
豆はあっちこっちに零れてしまうのだ
この世に魅かれた未練の上で

豆よ

それこそ目まぐるしく転げ回るので
豆は青息吐息になるのだ
この世に撒かれた不合理の上で

豆がエイッエイッと叫び
切なさまでぶった切ってしまった

豆よ
小粒のまま何処へ潜り込もうとしているのか
豆はいつしか坊主頭のような悟りを開き
僧房の典座の糸引く豆になってしまうのだ

豆よ
いまでこそ　いまこそ
豆は突貫小僧のように

この世の苦しみの悲哀にぶち衝たるのだ

豆よ
気合いもろとも
エイッ

豆よ
勢いもろとも
エイッ

豆よ
迷界もろとも
エイッ

耳の裏を美しくしてください

耳の裏を美しくしてください

風は娘に言った

美しく実ったのは耳朶
なにもきこえず
かれこれいわれず
やわらかなちちふさにまちがわれることさえあった

美しく育ったのは耳朶
ののしりあわず
あびきょうかんしらず
鋭利なうわさに惑うことさえなかった

娘には聞こえていない
草木のいらだち
獣の流血
この世の終焉

美しく巻いたのは耳朶

風は娘に言った

耳の裏を美しくしてください

ぶんぶく

手の内にぶんぶくがいる
飛び立てないのでいつまでも手の内にいる
それをそっと包み込んでしまうので
ぶんぶくはそのままどこまでも手の内にいる

ぶんぶくは水の内にもいる
逃げないのでいつまでも水の内にじっとしている
それを掬おうとはしないので
ぶんぶくはそのまま水が濁っても水の内にいる

ぶんぶくはまた腹の内にもいる
意欲が湧かないのでそのままいつまでも腹の内にいる
それは腹の虫のせいではないので
ぶんぶくはそのまま静かななりをして腹の内にいる

ぶんぶくは不満の塊なのだが
表情にも感情にも情にも表わさない
この世の暗さにただ沈んでいるだけなので
悲しみと言われることは無い

手の内にぶんぶくがいる
飛び上がろうとしても手の内に握りつぶすので
どこへもいくところが無い
だから苦しみと言われることも無い

ぶんぶくが門の内に寝そべっている
出たり入ったりしないので忙しなくない
ぽかぽか陽気にうとうとじょうぶつするので
仏法も素通りして行く

骨骨骨（こつこつこつ）

骨壺の骨骨とも言わなくなった骨
なだらかになまめかしく撒いたとて
だれが振り向こう
一人の女が安アパートの片隅で亡くなって
夜な夜なハイヒールの骨骨骨が消えた
骨は女の乳房を支えた骨だ
骨は女の踵を煽った骨だ
夜な夜なだれかを振り向かせ
悲しみと引き換えに骨を提供した

肉の奥の卑猥な骨
骨は骨骨骨と天蓋を摩った
骨壺の無言の骨
なだらかになめらかに撒いたとて
どこに安らぎが訪れよう
安アパートの狭い踊り場では
今日も骨骨骨　骨骨骨
女のハイヒールの骨を舐める音がする

佐々木洋一　ささき・よういち

1952年宮城県栗駒山の麓に生れる。

詩集

『4と童と永遠に』(1971・秋津書店)
『青年抒情』(1972・秋津書店)
『未来ササヤンカの村』(1973・ササヤンカ出版局)
『ポッポイの汽車に乗って行きませんか』(1974・青磁社)
『うれうれうぐうす小人』(1975・青磁社)
『ひとり祭り』(1976・青磁社)
『佐々木洋一詩集』(1979・思潮社)新鋭詩人シリーズ
『星々』(1980・青磁社)第22回晩翠賞
『01』(1982・視点社)
『さりらりら』(1984・青磁社)
『佐々木洋一詩集』(1987・青磁社)詩選集
『アイヤヤッチャア』(1992・土曜美術社)21世紀詩人叢書
『佐々木洋一詩集』(1997・土曜美術社出版販売)日本現代詩文庫
『キムラ』(1998・土曜美術社出版販売)第27回壺井繁治賞・宮城県芸術選奨
『アンソロジー佐々木洋一』(2001・土曜美術社出版販売)現代詩の10人
『ここ、あそこ』(2010・土曜美術社出版販売)

現住所　〒989-5301 宮城県栗原市栗駒岩ケ崎六日町16-2

でんげん

著者
佐々木洋一（ささきよういち）
発行者
小田啓之
発行所
株式会社 思潮社
〒一六二―〇八四二　東京都新宿区市谷砂土原町三―十五
電話 〇三（五八〇五）七五〇一（営業）
〇三（三二六七）八一四一（編集）
印刷・製本
三報社印刷株式会社
発行日
二〇二三年五月二十五日